OCTOBRE ROSE

Un cancer, et après ?

Chantal Cadoret

OCTOBRE ROSE

Un cancer, et après ?

Nouvelle autobiographique

Grand Prix du Court Automne 2019
Lauréat du Public
Short-Edition

© 2020 Chantal Cadoret

Édition : BoD – Books on Demand
12/14 rond-point des Champs-Élysées, 75008 Paris
Impression : BoD - Books on Demand, Norderstedt, Allemagne
ISBN 9782322237364

                                      Dépôt légal : Juillet 2020

Parler de ses peines, c'est déjà se consoler.
                              Albert Camus

A Marilyne, Géraldine, Manu, Anne-Marie, et à toutes les guerrières du cancer.

PREFACE

J'ai écrit ce texte, il y a cinq ans, en plein milieu de la tourmente dans laquelle le cancer m'a plongée. Je l'ai d'abord écrit pour moi, pour évacuer tous les maux, toute la peur et toute la colère que cette maladie génère. Et puis, je l'ai oublié dans un coin de mon ordinateur, sans doute pour tenter de « tourner la page », comme nous incite à le faire notre entourage.

Quatre ans plus tard, lorsque ma vie s'est de nouveau remplie de belles surprises, je suis retombée dessus et j'ai décidé de le retravailler pour le rendre public. J'avais le sentiment qu'il pouvait parler à ceux qui avaient, de près ou de loin, vécu la même expérience.

Ce texte, devenu *Octobre Rose*, a été sélectionné pour participer au Grand Prix du Court en automne 2019 chez Short-Edition. Il a été lu plus de 4000 fois et a été récompensé par le Prix du Public. Tous les commentaires laissés par les lecteurs prouvent qu'il est nécessaire et bénéfique de mettre des mots sur la souffrance de ces moments où la vie bascule irrémédiablement du côté de la mort.

Lorsque le cancer élit domicile dans votre corps, vous comprenez rapidement qu'il va vous falloir composer avec lui.

On ne tourne jamais vraiment la page du cancer, mais on apprend à le regarder en face et à s'apaiser.

La publication de ce livre est la dernière marche de ce long chemin vers l'acceptation.

OCTOBRE ROSE
Grand Prix du Court automne 2019
Lauréat du Public

C'était le mois de février. Elle avait reçu sa convocation depuis quelques mois déjà, mais, prise dans le tourbillon des derniers mois, elle l'avait remise à plus tard.

La mammographie est une épreuve difficile à vivre pour toutes les femmes. Passer cette radio est une démarche glaciale et déshumanisante. On se met à nu, au propre et au figuré.

Pour elle, depuis l'âge de trente ans, c'était une épreuve pénible. Ses seins, volumineux, sont « denses », disent les professionnels de santé. Denses, c'est-à-dire pleins de mastoses qu'il faut toujours identifier et dédouaner.

Mais cette fois-ci, allez savoir pourquoi, elle s'était rendue à cet examen sans angoisse, avec sérénité et certitude. C'est probablement cela que l'on appelle « l'ironie du sort ».

Dans la salle d'attente, elle se précipite sur la table basse pour trouver le magazine qui saura lui donner une contenance et l'aider à paraître naturelle. Difficile de se concentrer sur un magazine économique ou financier de l'année écoulée quand on a l'angoisse au ventre. Pourquoi, dans les salles d'attente des centres d'imagerie ne trouve-t-on pas des Voici, des Closer, des Paris Match, des Point de Vue, bref, des magazines où on n'apprend rien et où on oublie tout, l'espace d'un instant. Cela serait non seulement un vrai cadeau, mais une vraie marque de compassion pour les patients, une main tendue dans cet univers froid et aseptisé.

Les premiers clichés sont conviviaux et joyeux. La manipulatrice est agréable. Et puis, une deuxième série et une troisième, ciblées sur le sein droit, lui font perdre le sourire et font place à l'angoisse, au cœur qui bat dans la tête et dans le ventre.

L'échographie. Le silence. Un médecin tendu et absorbé. Froid et distant. Qui manie son appareil avec précision, en appuyant sur certains endroits du sein, y revenant, encore et encore. L'examen dure une éternité. Enfin, il s'assoit et la regarde, un peu embarrassé.

Oui, effectivement, il y a quelque chose de bizarre. Attention, bizarre, ne veut pas dire cancer. Enfin, pas encore. Mais il faut explorer davantage, faire une biopsie, vite, très vite... Tout de suite même !

Drôle de mission que celle qui consiste à apprendre à un patient qu'il a une tumeur et qu'il y a de fortes chances qu'elle soit maligne. Sont-ils formés pour ajuster le ton, choisir les termes, rester le plus impassible possible ?

Tous les médecins qu'elle verra ensuite auront la même attitude, la même compassion guindée, le même ton de voix. Sauf peut-être le chirurgien, plus brusque, plus froid. Mais un chirurgien ne fait pas dans la compassion, il tranche dans le vif, c'est son métier.

En attendant, il lui faut commencer le parcours du combattant pour savoir si cette chose bizarre trouvée dans son sein est bien un cancer. Il faut franchir tous les barrages, et vite, pour éviter de se laisser grignoter par l'angoisse.

Première étape, le médecin traitant. En règle générale, il est difficile à joindre et sa salle d'attente déborde de patients. Ce soir-là, celui de « l'annonce », les portes s'ouvrent miraculeusement. Lui aussi, il adopte tout de suite le ton approprié. Il est doux, calme. Il se veut rassurant, mais se fait pressant. Il faut aller vite, très vite. Il fait de son mieux pour ne pas la paniquer, dit que peut-être ce n'est pas ce que l'on pense, mais il n'arrive pas à la convaincre.

Elle rentre chez elle, perdue, seule, muette. Quelque chose grandit à son insu dans son sein, un cancer, peut-être. Sa vie va basculer et elle ne sait pas quoi faire, quoi dire, quoi penser. Elle n'a pas de mots, pas de force. Elle se dit que c'est un mauvais rêve, qu'elle va se réveiller et que tout va redevenir normal. Demain, quelqu'un reprendra les radios et lui dira : « *nooooon, tout va bien, plus de peur que de mal !* »

Elle ne le sait pas encore, mais c'est la première d'une longue série de nuits passées à pleurer, à gémir, à voir les heures défiler sans trouver le sommeil. C'est la première nuit de sa vie de cancéreuse.

Deuxième étape, l'hôpital, pour établir un diagnostic ferme et définitif. L'hôpital Gustave Roussy est une « usine » à cancer. De grands bâtiments au milieu de nulle part, un parking plein à craquer, des blouses blanches partout, des patients aux têtes rasées, debout ou en fauteuil roulant, trainant leur perfusion pour s'aérer ou fumer dehors. Bienvenue en enfer.

Elle est venue, seule, pour affronter cette première série d'examens. Le cœur battant, intimidée par la toute-puissance du lieu. Elle découvre les pôles spécifiques à chaque cancer. Pour elle, ce sera le pôle 7. L'endroit est plutôt convivial, quelqu'un joue du piano dans le hall, des bénévoles proposent des boissons chaudes et des friandises, d'autres des ateliers de travaux manuels, les secrétaires sont souriantes et compréhensives. Tiens, pas de magazines économiques et financiers, ici ! À croire qu'eux, ils ont compris !

Par contre, quel monde ! Toutes ces femmes ! Ce n'est pas possible ? Est-ce de cancer dont il est question ici ou de l'épidémie d'Ebola ?

On lui explique le programme de sa journée. Elle va d'abord voir un médecin qui examinera ses radios et qui décidera si des examens complémentaires sont nécessaires. Cela peut aller très vite ou durer jusqu'au soir, mais elle repartira avec un diagnostic définitif.

Le médecin la reçoit assez vite. Il examine les radios et la rassure. *Il ne semble pas y avoir grand-chose. Une trace, certes, mais peut-être le radiologue s'est-il un peu emballé.* Par prudence, on refait une échographie et elle sera libérée.

Elle retourne dans la salle d'attente, le sourire aux lèvres et le cœur plus léger. Elle éprouve de la compassion pour ses voisines. Non, non, ce n'est pas pour elle, c'était une erreur finalement. Elle va y échapper, une fois de plus !

L'échographie se fait dans la foulée et dans la convivialité. Les radiologues sont jeunes, rieurs, voire chahuteurs. *Oui, oui, on voit bien quelque chose, mais non, cela n'a pas l'air d'être grave, en tout cas bien moins grave que prévu.* Le diagnostic se confirme donc et elle se permet même de plaisanter avec eux.

« Mais, puisque vous êtes là et pour ne pas avoir de regrets, on va faire une ponction. C'est plus prudent. »

Il est treize heures, tout est allé vite, finalement. Elle passe quelques coups de fil en riant pour rassurer tout le monde. Elle sera bientôt sortie et sa vie reprendra son cours normal.

Les heures s'écoulent lentement. Un café, deux cafés, une bouteille d'eau, un tour à la librairie, un tour dehors pour prendre l'air. Le temps passe et la salle d'attente se vide. Restent quelques femmes qui s'énervent un peu et qui cherchent le contact. Sa voisine lui apprend qu'elle vient de province,

qu'elle a déjà fait deux récidives, qu'elle a pris quinze kilos avec sa dernière chimio (*ah bon, on grossit avec un cancer ?*) et qu'elle attend, elle aussi, la ponction pour savoir si son « crabe » est revenu. On l'appelle, elle se lève, victorieuse.
D'autres femmes attendent, silencieuses, angoissées. Il est maintenant dix-sept heures. Elle est là depuis neuf heures.
Sa voisine ressort, en larmes, soutenue par la personne qui l'accompagnait. Son crabe a visiblement redonné signe de mort.

Enfin, son tour arrive. Il fait sombre. Une table de consultation, des appareils d'échographie et beaucoup de personnels qui s'agitent. On l'accueille froidement et on lui explique ce qui va se passer. Il y a deux échographes, un expert et un stagiaire. C'est l'apprenti qui prend les choses en main. Il est doux et attentif, s'excusant de lui faire mal. Au bout de quelques minutes d'investigations infructueuses, l'expert s'empare de l'appareil, prend appui sur son ventre et passe sans ménagement son appareil sur son sein en expliquant au stagiaire qu'il devait veiller absolument à prendre cette position, afin, dit-il, d'éviter la tendinite de l'échographe. Sur cette table de consultation, pour la première fois de la journée, elle n'existe plus en tant qu'être humain. On peut s'affaler sur elle, lui faire mal impunément, juste pour être plus confortable et pour ne pas risquer une tendinite ! Le pauvre stagiaire reprend l'appareil. Il est gêné, il n'ose pas.

Quand son tuteur l'invective, c'est elle qui lui répond : « *eh bien, allez-y, faites comme si je n'existais pas, appuyez-vous sur moi, puisqu'on vous le demande !* »

Son cœur bat vite, elle voudrait se lever et s'en aller. De toute façon, ils ne vont rien trouver, alors, pourquoi l'humilier ?
Le petit stagiaire se débrouille comme il peut, préférant risquer la tendinite plutôt que de se coucher sur elle, mais arrive tout de même à localiser la tumeur.
Un médecin procède enfin à la ponction, sans anesthésie. Sa respiration devient courte, ses yeux se brouillent, ses poings et ses mâchoires se crispent. Une jeune infirmière se penche sur elle et lui caresse le bras en lui souriant. *Calmez-vous, ça va bien se passer, je vais rester près de vous.* Un peu d'humanité, est-ce trop demander ?
L'intervention n'a pas duré plus d'un quart d'heure. C'en est fini pour les investigations. Ne reste qu'à attendre le verdict, mais bon, ce n'est plus qu'une formalité.

Dans la salle d'attente, il ne reste plus grand monde. Il est tard. Elle a hâte de terminer cette journée et de partir de là. Sa sœur est venue la chercher, son fils l'attend pour diner. Elle retrouve le sourire. À dix-neuf heures passées, on l'appelle enfin. Un médecin, l'oncologue, et une secrétaire. La secrétaire est derrière le bureau, mais l'oncologue est assise du côté des patients. Elle se lève pour l'accueillir gentiment, la fait asseoir près d'elle. Elle aurait dû reconnaître le ton et l'attitude de celle qui va annoncer une mauvaise nouvelle, mais elle n'est pas encore experte et ne se méfie pas.

Doucement, prudemment, le médecin lui explique que, oui, cette tumeur est petite, mais que, malheureusement, elle est cancéreuse et qu'il allait falloir l'enlever au plus vite. *Tout se passera bien, pas de soucis.*

Son cerveau se bloque, elle refuse de comprendre. Elle dit qu'elle doit partir en vacances. Probablement habituée aux réactions inappropriées, l'oncologue lui concède gentiment les vacances et repousse l'intervention. Elle se rassure en pensant que si l'opération est repoussée, c'est qu'elle n'est pas si urgente. C'est un petit cancer, c'est tout !

À sa sortie, sa sœur la scrute du regard, anxieuse. Elle secoue la tête et s'écroule. Ça y est, le sol s'effondre sous elle. Elle tente de rester digne, mais ses larmes coulent déjà, la naissance d'un long fleuve inépuisable.

Sa sœur essaie de rester positive et énergique. *Bon, c'est un cancer, et alors ? C'est banal ! Un cancer du sein, ça se soigne, ça se guérit. Ils vont l'enlever et puis c'est tout ! Et puis, s'ils te laissent partir en vacances, c'est que ce n'est pas grave ! Ici, ce sont les spécialistes du cancer, ils savent ce qu'ils font, tout se passera bien.*

Elle a hâte de retrouver son fils. L'envie de le voir la prend aux tripes. Elle veut se réfugier chez lui, dans ses bras. Elle a un besoin fou de contact, de chaleur. Sur le chemin, elle évite de penser. Son cerveau s'est bloqué sur le mot cancer. Elle n'arrive pas encore à réaliser toutes les implications de ce mot, mais elle sait qu'il va bouleverser sa vie.

Elle essaie de ne pas craquer. Elle est la mère, après tout, elle ne doit pas se laisser déborder par la panique. Dans les yeux de son fils, elle lit l'anxiété, mais il ne veut rien montrer. Chacun cherche à protéger l'autre. Il se montre positif, enjoué. Si l'opération n'est programmée que dans un mois, c'est que ce n'est pas grave. En attendant, pensons aux vacances et restons positifs. Le sujet est clos, on passe à autre chose.

Et la vie reprend son cours, normalement. Elle reprend son travail, continue ses visites à son père et son frère, tous deux hospitalisés, qui souffrent plus qu'elle et qui ont besoin d'elle. Elle essaie d'oublier en préparant ses vacances. L'opération est prévue pour le lendemain du retour. Il y aura cette intervention, puis plusieurs séances de radiothérapie et on en aura fini avec le cancer, avant la fin de l'été. Tout le monde le dit : *ce n'est rien, tout va bien se passer.*

Cette période lui laisse un étrange souvenir. Un peu comme si elle était en sursis. Elle se sent en bonne santé, elle n'a mal nulle part, même ses analyses de sang n'ont jamais été aussi bonnes. Elle règle les derniers détails de sa vie de personne saine et valide. Elle dit au revoir à ses élèves et à ses collègues, qu'elle ne reverrait plus avant quelque temps. Elle a l'impression de se mettre entre parenthèses, en longues vacances. Tout le monde évite de parler de l'après... Pour elle, c'est admis, l'été sera un peu perturbé, mais elle sera là à la rentrée de septembre, en pleine forme. Parfois, elle lit un doute dans les yeux de certains, mais elle ne le décode pas, ne l'enregistre pas. Elle veut rester positive, optimiste. Elle veut profiter de ses vacances. Vivre devient une priorité. Elle est entourée de personnes malades et dépendantes et ne veut pas se laisser emporter par le flot. Elle doit sauver sa peau.

Et les vacances passent, comme prévu. Déconnectée de la réalité, elle essaie d'oublier ce qui va se passer et profite jusqu'au bout du moment présent.

Rentrée le lundi, elle est opérée le mardi matin. Dans la salle de réveil, une infirmière refuse gentiment de lui donner l'heure. De retour dans sa chambre, on s'affaire autour d'elle, on vérifie ses réflexes, on évalue la douleur, on la prévient des petits effets secondaires. « *Vous êtes toute bleue, ne vous inquiétez pas, c'est le produit qu'on vous a injecté pour repérer la tumeur. C'est impressionnant, mais ce n'est rien et ça va passer !* » Elle se sent en forme, à peine un peu groggy, mais d'humeur rieuse. Elle demande aux infirmières de la prendre en photo pour garder un souvenir de sa

« *période bleue* » ! Elle envoie des SMS enjoués où elle parle de sa couleur et de son urine « *Canard-Wc* ». Tout le monde est rassuré devant tant de bonne humeur. On lui répond qu'elle est géniale, si drôle, si forte ! Elle commence à le croire, oui, elle est géniale, elle est forte. Elle vient de subir une opération et elle plaisante !

Avant de rentrer chez elle, elle voit le chirurgien. Il lui explique que l'opération a été plus longue que prévu parce qu'il a dû « *creuser* » un peu plus que prévu, mais que tout allait bien. Comme la chaîne ganglionnaire n'était pas atteinte, il n'a retiré que deux ganglions, dit « ganglions sentinelles ». C'est donc une bonne nouvelle ! Pour la suite des opérations, il faut attendre les résultats de l'analyse de la tumeur, dans trois semaines, puis on commencera les séances de radiothérapie. Jusque-là, patience et repos.

La nuit est difficile. Son estomac donne ses premiers signes de mécontentement et elle se tord de douleur une bonne partie de la nuit. Elle est beaucoup moins sûre d'être forte, tout à coup ! Elle commence à se rendre compte qu'elle entre dans un processus médical lourd et elle trouve cela brusquement moins génial.

Sa convalescence se passe bien. Elle ne souffre pas trop. Elle est assez sereine. Et elle trouve assez d'énergie pour son père et son frère. Cela lui évite de penser à cette vilaine cicatrice qui balafre son sein, définitivement, et à ces résultats qu'elle attend pour connaitre la suite du traitement.

Trois semaines plus tard, elle se rend seule, une fois de plus, au rendez-vous avec le chirurgien. Elle ne s'attend à rien de particulier. Elle n'a pas d'inquiétude. Elle commence à s'habituer aux lieux. Elle se dirige vers le pôle 7, sans hésitation.

L'attente est longue, plus de deux heures. Enfin, son tour arrive. Le chirurgien et la secrétaire, du même côté, cette fois. Il n'y a pas d'humanité, encore moins de convivialité. Le chirurgien vérifie la cicatrice et lui explique, droit dans les yeux, que les résultats ne sont pas satisfaisants. Son cancer est de type triple négatif, et il reste, malheureusement, une tumeur qu'il n'a pas pu enlever, parce qu'elle était trop proche de la peau. La radiothérapie ne va pas suffire. Il faut donc envisager, auparavant, une chimiothérapie.

Son sang se glace. Elle a l'impression de ne plus rien entendre, de ne plus rien comprendre. Le sol s'ouvre de nouveau sous elle. *Chimiothérapie* ? Mais, ce n'était pas prévu, ça ! Personne ne lui en avait parlé ! Elle ne sait plus quoi dire et déjà, ses larmes l'empêchent de réfléchir. Le chirurgien l'ignore, il continue de lui présenter le protocole : 6 séances de chimiothérapie suivies de trente séances de radiothérapie et cinq ans de traitement hormonal.

Vous êtes d'accord ? Ai-je le choix ? On a toujours le choix, madame, lui dit-il. Vous pouvez refuser le traitement, c'est votre droit.

Elle ne sait plus où elle en est. Il va bousiller sa vie et il lui demande son accord. Elle essaie de retrouver un peu de voix et de dignité et lui demande presque en chuchotant s'il s'agit d'une «*vraie*» chimiothérapie.

Il lève les yeux sur elle, un peu las, et lui répond assez froidement : « *Si vous voulez savoir si vous allez être malade, oui, madame, vous serez malade. Si vous voulez savoir si vous allez perdre vos cheveux, oui, madame, vous perdrez vos cheveux. Pour vous, ce sera un gros traitement, mais pour nous, c'est un traitement léger. Mais sachez que cela vous garantit au moins quinze ans de tranquillité* ».

L'entretien aura duré moins d'une demi-heure. Elle a du mal à respirer. Elle ne veut pas croire qu'elle doive en passer par cette chimio dont on parle en baissant le ton, ce traitement destructeur que tout le monde redoute. Non, pas elle ! Il faut qu'elle respire, qu'elle sorte. Elle court à sa voiture et s'écroule. Enfermée à l'intérieur de son véhicule, elle hurle. Elle n'arrive plus à se contrôler, elle sanglote. Nous étions partis sur l'idée d'une petite tumeur, sans gravité avec une opération et un traitement léger. Ses larmes affolent ceux qu'elle appelle. Ils l'incitent au calme. Il faut qu'elle reprenne ses esprits pour rentrer en toute sécurité. Son fils lui ouvre sa porte et ses bras. Cette fois, les visages sont graves. Il la laisse pleurer, la réconforte. *Mais non, tu verras, ça va bien se passer. Il ne faut pas paniquer.* Il y a moins d'assurance dans ses propos, elle le sent bien, mais elle fait semblant d'y croire et essaie de reprendre son sourire. Allez, on verra bien. On a un peu de temps, la première séance de chimiothérapie est fixée le 29 juin. Elle a un mois devant elle pour digérer l'information et reprendre des forces.

Malheureusement, la situation s'aggrave du côté de son père. Sa leucémie, en veille depuis plus de sept ans, s'est réveillée et devient fulgurante. Il a 89 ans. Il ne veut pas voir ses enfants malades. Son frère ne marche plus, ne parle plus. Le père ne veut pas voir son fils dans cet état. Lorsqu'il apprend qu'elle est atteinte d'un cancer, il détourne son regard et refuse d'aller plus loin. Sa santé se dégrade de jour en jour.

Elle reçoit ses premières convocations de préparation au futur traitement. Plusieurs rendez-vous sont programmés pour lui expliquer comment vont se passer ces séances de *chimio* et quels en seront les effets secondaires.
Dans l'antre du cancer, à Gustave Roussy, la préparation des patients semble être une priorité, voire un acharnement. Une première réunion est organisée de manière collective. C'est ce qu'elle

appellera le premier « *seau de merde* ». Quatre femmes, une infirmière et un médecin. Pendant une heure, elle voit trois films : qu'est-ce que la chimiothérapie, pourquoi la chimiothérapie et quels sont les effets secondaires de la chimiothérapie. Tout le traitement est passé au peigne fin. Les produits corrosifs que l'on va lui injecter, leurs bienfaits et surtout leurs méfaits. Le documentaire est ponctué d'images de femmes souriantes et sereines, les unes le crâne rasé, les autres arborant foulards et perruques.

Arrivée tendue et angoissée, elle finit la séance au bord de la nausée. La lumière se rallume et le personnel médical leur précise, avec le sourire, qu'elles n'auront peut-être pas tous les effets secondaires, que chacun ou chacune ressentira des choses différentes, qu'il ne faut pas avoir peur. Il ne faut pas avoir peur ? Mais là, c'est la panique qui la gagne. Elle ne veut pas de ce traitement et de ses terribles effets. Elle ne veut poser aucune question. Elle ne se sent pas concernée. Elles ont bien dit qu'on n'était pas « obligé » d'avoir tout cela. Elle, c'est un petit cancer, donc c'est une chimio légère, comme a dit le chirurgien. Elle n'aura rien de tout cela. Elle étouffe, elle veut juste partir de là, s'enfuir.

Une fois de plus, elle reprend sa voiture en pleurant, de rage, de désespoir, de solitude.

Le deuxième rendez-vous, prévu quelques jours plus tard, avec un oncologue et une infirmière, sera déterminant. Il sera adapté à son cas et on lui dira exactement à quelle sauce elle sera mangée. Deuxième « *saut de merde* ». Le même bureau que les fois précédentes. La fidèle secrétaire de l'autre côté du bureau. L'oncologue, du côté des patients. Cela aurait dû l'alerter... mais elle n'est pas encore habituée.

Elle la reçoit gentiment et lui parle avec ce ton doucereux, calme, celui que les médecins adoptent pour les mauvaises nouvelles, celui qu'elle a déjà entendu à l'annonce du cancer. Celui que, seul, le chirurgien n'a pas su prendre !

Avec un air contrit, elle lui explique de nouveau le protocole : trois séances de *FEC* et trois séances de *taxotère* (médicament aujourd'hui considéré comme dangereux, *ndlr*).

Comme elle l'a vu dans le documentaire, elle ressentira tous les effets secondaires, tous. Elle ne retient pas tout, mais elle retient que, finalement, le *seau de merde* était bien pour elle et qu'elle allait devoir affronter un drôle de traitement. Son cerveau n'enregistre plus rien. Son cœur est en miettes, ses jambes ont du mal à la porter.

L'oncologue la laisse ensuite entre les mains de l'infirmière référente qui lui répète une fois de plus comment vont se passer les séances et leurs effets *(troisième seau)*. Tout est répertorié dans un épais dossier rempli d'ordonnances et de schémas, qu'elle pourra consulter à souhait. On lui parle aussi de ses cheveux. Un schéma explique quand ils vont tomber... vers la troisième semaine. Parfois, un peu plus. Mais c'est sûr à cent pour cent.

L'esprit humain est curieux. On lui a présenté, à trois reprises, des effets secondaires horribles. On lui a certifié que ce traitement allait détruire ses cellules cancéreuses, mais qu'il allait aussi balayer ses cellules saines. Elle aurait dû être obnubilée par cela.

Eh bien non, pour le moment, ce qui la terrorise, ce qui la déprime, c'est de perdre ses cheveux. Il est vrai qu'ils sont longs et volumineux. Ils adoucissent son visage. Ils lui donnent un air plus jeune, un air bohème. Elle ne veut pas les perdre, elle ne veut pas les retrouver sur son oreiller. Son corps va se détruire de l'intérieur et elle, elle pleure sur son aspect extérieur.

Voilà, ça en est fini de la préparation. Il faut maintenant poser la chambre pour les injections. L'opération, sous anesthésie locale, se passe très vite. Il s'agit d'implanter une sorte de tuyau dans l'aorte, afin que l'on puisse faire les perfusions sans passer par l'extérieur. C'est simple, propre et indolore. Cette chambre est un corps étranger qui va finira par faire corps avec elle.

Un long parcours du combattant commence. Un chemin inondé de larmes et de souffrances, très souvent dans la solitude, car le cancer est une maladie qui dérange et dont personne ne veut s'approcher.

Mon père meurt le jour de sa première chimio, le 29 juin, et *mon* frère le 1er septembre, jour de la quatrième. *J'ai* eu tous les effets secondaires prévus, mais *j'ai* réussi à être présente aux deux enterrements, dont je n'ai gardé aucun souvenir.

Février 2016

UN CANCER, ET APRES ?

Cinq années se sont écoulées depuis ce moment. Cinq années durant lesquelles il a fallu vivre avec les effets secondaires du traitement qui a vaincu le cancer mais qui, paradoxalement, m'a détruite à petit feu.

On m'a souvent demandé d'écrire la suite. Mais Si « l'annonce » est un moment presque universel qui peut se partager, la suite, c'est-à-dire les traitements, les souffrances, les dégradations, est un sujet qui reste tabou et personnel. Chaque cas est différent et chacun réagit comme il peut, parfois très bien et parfois très mal. Mais le cancer est une sonnette d'alarme qu'il faut savoir écouter.

Moi, je n'avais pas encore soixante ans. J'avais passé ma vie à travailler, à élever mon fils, à voler au secours de tous ceux, amis et famille, qui en avaient besoin. Comme tout le monde, je remettais à plus tard le moment de m'occuper de moi. La retraite, je n'y pensais même pas. Mon travail me satisfaisait pleinement, même s'il devenait de plus en plus difficile et je ne m'imaginais pas dans un autre univers.

Lorsque mon frère a eu son premier AVC à soixante-trois ans, je ne me suis pas sentie directement menacée. Il était fragile du cœur, moi, j'étais en bonne santé. Lorsque mon père s'est dégradé, là non plus, je n'ai rien entendu. Il avait quatre-vingt-neuf ans, supportait une leucémie depuis plusieurs années, je me disais que c'était une suite logique. La maladie, ça n'arrive qu'aux autres, non ?

Et puis, ce fut mon tour.

Pendant les traitements, on ne pense pas, on ne réfléchit pas. On avance comme on peut, tête baissée en espérant juste pouvoir s'en sortir. Beaucoup disent qu'il faut garder le moral car c'est quatre-vingts pour cent de la guérison. Mais comment garder le moral lorsque son corps se dégrade, chaque jour un peu plus et que l'on s'éloigne, chaque jour de plus en plus de la femme que l'on était?

Il ne faut pas trop en demander aux malades du cancer. Ils font ce qu'ils peuvent, comme ils le peuvent, souvent seuls, car c'est une maladie qui fait peur, qui est longue et qui éloigne l'entourage.
Je fais partie de ceux qui s'en sont sortis. J'ai eu de la chance… pour cette fois.

Une fois les traitements terminés, on est livré à soi-même, plus seul qu'avant mais avec l'ombre de la mort qui plane au-dessus de sa tête. C'est à ce moment –là que l'on réalise ce qui vient de se passer et que l'on prend conscience de la fragilité de la vie.

Tout le monde doit mourir un jour, c'est une évidence. Vivre, c'est comme marcher sur les trottoirs d'une route avec le risque qu'une voiture dévie et vienne vous faucher. Mais ceux qui ont été frappés par le cancer ne se trouvent pas sur les trottoirs. Ils continuent leur vie au milieu de la route, rongés en permanence par la peur d'être emportés.

Effacer ce sentiment et revivre normalement, sont des épreuves aussi épuisantes que subir les traitements. En dehors de ceux qui vivent ou ont vécu la même chose, personne ne peut comprendre cette situation.

« Mais, ça y est, tu es guérie, maintenant ! »
« C'est bon, tu as eu un cancer, mais maintenant c'est fini, il faut tourner la page. »

L'entourage ne veut pas faire de mal en essayant de nous tancer de cette façon. Mais ces réflexions sont des couteaux acérés qui remuent dans une plaie encore douloureuse. Difficile de comprendre que les traitements que le corps a subis vont se faire sentir pendant de longues années.

La peau et le reste du corps se mettent à sécher comme une terre au soleil. Je ne peux plus ouvrir mes yeux, au réveil, sans larmes artificielles. Ils restent hermétiquement collés et si, par malheur, je force un peu, la cornée s'altère ou se déchire. Je vis avec ce problème quotidiennement depuis 5 ans.

La cortisone, tout le monde le sait, fait gonfler comme un ballon de baudruche. J'ai passé ma vie à faire des régimes et à me battre pour obtenir une silhouette acceptable. La chimio m'a fait prendre cinq kilos en quelques mois et je n'ai réussi à m'en débarrasser que récemment. Mon ostéopathe m'a expliqué que mon corps était devenu une poubelle remplie de produits chimiques et qu'il fallait du temps pour qu'elle se vide.

Le taxotère, produit aujourd'hui remplacé par un équivalent moins nocif, atteint les terminaisons nerveuses du corps. Les ongles deviennent cassants et peuvent tomber, sans prévenir. Les membres restent ankylosés, les muscles douloureux, les cheveux et les poils finissent par repousser, souvent différemment, parfois pas du tout. J'ai laissé mes sourcils dans la bataille ! Quant aux dents, elles pourrissent de l'intérieur. J'ai perdu quatre dents depuis la fin de mon traitement, quatre molaires. Je mâche aujourd'hui comme une vieille dame, avec les incisives, en évitant tout aliment trop dur.

Quel que soit le spécialiste appelé à la rescousse, la réponse est la même : c'est la chimio, on n'y peut rien. Et lorsqu'on s'écrit : *« encore ! Mais ça fait quatre-cinq ans, maintenant »*, on nous répond : *« il faut du temps ! »*

J'ai accepté l'aide des antidépresseurs pour chasser l'idée de la mort et pour essayer de voir la vie d'un œil plus clair. Mais, en parallèle, J'ai adopté les médecines douces, et je me suis décidée pour des séances d'hypnose.

Lors d'une séance d'hypnose, la thérapeute me demande de m'imaginer dans un lieu agréable et serein, puis de marcher. Moi, c'est toujours au bord de mer que je trouvais ma sérénité. Ce jour-là, je n'ai pas marché, j'ai plongé. J'étais une sirène. La thérapeute me demande d'aller jusqu'à une porte close. J'arrive à une épave de bateau que j'explore. Elle me dit : « *derrière la porte, il y a une femme, cette femme, c'est vous. Prenez-la par la main et ramenez-la à la surface.* » Moi : « *Je ne peux pas, elle est morte.* »

La thérapeute m'a fait comprendre qu'une sirène n'était pas une femme et que la femme que j'étais était morte, engloutie au fond d'une épave. Cette séance reste gravée dans ma mémoire mais on ne comprend pas toujours ce qui ressort des séances d'hypnose et surtout, on ne sait pas qu'en faire. Mais, au fur et à mesure du temps qui passe, on observe des changements dans notre façon de réagir. C'est ce qui s'est passé pour moi et, progressivement, j'ai senti le besoin de retrouver mes jambes et mon identité de femme.

Moi qui ne m'étais jamais arrêtée de ma vie, j'ai accepté le temps partiel thérapeutique que l'on me proposait. Travailler était important pour reprendre une vie normale, mais il me fallait aussi du temps pour me reconstruire et réfléchir à ce que je voulais faire de cette seconde chance.

Très vite, une évidence s'est imposée à moi : s'il ne devait plus me rester beaucoup de temps, je voulais réaliser mes rêves. J'avais envie de voyager, et surtout d'être libre. Libre de toute attache, libre de donner une nouvelle impulsion à ma vie. Libre de m'éloigner des sentiers battus, des conventions et du regard des autres.

J'ai donc anticipé ma retraite. J'estimais ne plus avoir assez de temps pour travailler et je voulais profiter pleinement de ma vie en voyageant aussi loin et aussi longtemps que possible. Oser est devenu mon nouveau credo. Oser faire ce que je n'avais jamais fait auparavant, mais surtout oser croire en moi, me faire confiance.

Mon premier acte de « bravoure » a été de prendre rendez-vous, en grand secret, pour un *shooting* photo avec un professionnel. Même si mes cheveux avaient repoussé, je refusais de me reconnaitre. Je voulais désespérément redevenir celle que j'étais « avant ».

Seule devant le photographe, j'ai d'abord été gênée et gauche puis j'ai lâché prise et j'ai joué le jeu. Ce fut un moment merveilleux où, pour la première fois depuis si longtemps, je me suis sentie belle. J'ai attendu d'être chez moi pour visionner la centaine de photos qu'il avait prises. Certaines étaient vraiment jolies. Et c'est ainsi que j'ai fait connaissance avec mon nouveau moi et que je l'ai apprivoisé.

J'ai compris depuis, que j'avais fait, sans le savoir, de la « photo-thérapie ». Consciente de son bienfait, j'ai eu l'occasion de la conseiller à quelques amies de rencontre, au travers de mes voyages. C'est incroyable le nombre de jeunes femmes qui ne s'aiment pas et qui refusent leur image. Le temps d'une séance photo, j'ai réussi, momentanément, à les réconcilier avec elles-mêmes et j'en suis très heureuse.

Ma seconde décision a été de voyager seule. J'ai souvent pris l'avion seule mais j'ai toujours rejoint quelqu'un et je n'avais, à presque soixante ans, jamais franchi le pas. J'ai commencé par des destinations proches, pour voir comment je pouvais m'en sortir. Gérer l'organisation de mes journées n'était pas un problème. Je m'en suis toujours chargée je partais accompagnée. Mais n'allais-je pas regretter cette solitude ? Comment se passeraient les repas ? N'aurais-je pas envie d'un peu de compagnie ? Que se passerait-il si je tombais malade ou si je rencontrais un problème matériel ?

Partir seule est un vrai challenge. Même si je la garde pour moi, j'ai toujours, la veille de mon départ, l'angoisse vrillée au corps. Mais une fois dans l'avion, tout disparait pour laisser la place à un délicieux sentiment de liberté.

Et puis, j'ai envisagé des voyages plus longs vers des destinations plus lointaines. Et jamais, je ne me suis sentie aussi bien. J'ai découvert tant que choses que j'ignorais, tant de nouvelles cultures et rencontré tant de belles personnes.

Voyager seul ne signifie pas être isolé. Au contraire, lorsque vous êtes seul, vous vous ouvrez aux autres. Et même si vous n'allez pas vers les autres, les autres viennent à vous, vous prennent sous leur aile, pour vous protéger.

Je suis, depuis longtemps, persuadée qu'il n'y a pas de rencontres hasardeuses. Tous les gens qui ont croisé ma route, que ce soit dans le passé ou au cours de mes voyages, jouent un rôle important dans ma vie.

Et puis, dernière et principale transformation, j'ai osé écrire. Ecrire, pas seulement pour moi, mais pour être lue.

C'était à Bali. Je venais de rencontrer Alison. Malgré ses 28 ans, elle ne me considérait pas comme sa maman, mais plutôt comme une amie. Je lui ai parlé de mon envie d'écrire. C'est elle qui m'a donné l'idée de créer un blog.

« Ta vie est un roman, partage-la. Tu as mené tant de batailles. Tu connais le pouvoir des mots. Tu pourrais servir d'exemple pour les autres femmes. Lance-toi. »

Je lui ai montré ce texte, Octobre rose, qui dormait dans un coin de mon ordinateur. Elle a pleuré et m'a dit : *« Tu dois le rendre public, il peut être utile à tant de personnes. »*

A mon retour, je l'ai fait lire à quelques amis qui ont eu la même réaction.

Je me suis donc lancée. J'ai fait appel à un professionnel pour créer mon blog et j'ai commencé à partager mes récits de voyage.

Puis, en octobre, mois traditionnellement consacré au cancer du sein, j'ai retravaillé mon texte, cachant à peine les « je » derrière les « elle » et je l'ai publié.

Les réactions ont été immédiates.

Frédéric, un ancien élève, devenu psychologue pour enfants, m'a conseillé de le publier sur *Short-Edition* et de le proposer pour le Grand Prix du Court. Sans y croire vraiment, je l'ai fait. La suite, vous la connaissez.

Et aujourd'hui, enfin, ce livre.

Cinq ans se sont ainsi écoulés depuis l'annonce de mon cancer. Je suis en rémission. Je ne sais pas de quoi l'avenir sera fait, mais ce qui est sûr, c'est que je vis aujourd'hui, les années les plus palpitantes de ma vie et j'en suis très heureuse.

Parce que je côtoie souvent d'autres femmes qui ont vécu la même expérience que moi, je sais que je ne suis pas la seule à avoir transformé ce cauchemar en rêve. Cependant, si j'ai un conseil à donner, c'est de ne pas attendre que les sirènes sonnent l'alarme pour profiter de chaque instant de sa vie.

Cancer ou non, chaque jour qui passe nous pousse inéluctablement vers la fin. Inutile donc d'attendre les premières alertes pour en prendre conscience.

Aujourd'hui, je me suis réconciliée avec moi-même et j'ai surtout appris à me faire confiance et à m'aimer.

Si le cancer est un véritable parcours du combattant, il fait de nous des guerrier.e.s. Oui, nous devons vivre avec nos blessures mais elles nous servent à nous souvenir que la vie est capricieuse et fragile et que l'horloge qui la régule ne suit aucune règle. Elle peut s'arrêter à n'importe quel moment.

Maintenant je le sais, alors j'en profite tant que je peux.

Chantal Cadoret
Juillet 2020

MERCI

J'aurais pu me satisfaire d'un banal merci à tous ceux qui m'ont épaulée et soutenue dans ce combat. Mais j'ai envie, aujourd'hui, de dédier ce livre à toutes ces petites mains tendues dans des moments si difficiles. Lorsqu'on traverse ce type d'épreuve, le soutien ne vient pas toujours des personnes les plus proches. Je l'ai dit et répété maintes fois : le cancer fait peur et éloigne ceux qui ne peuvent supporter la souffrance dans la durée. Chacun réagit comme il peut. Mais ceux qui restent sont précieux et je veux leur rendre hommage ici.

Merci à Jocelyne pour m'avoir accompagnée, avec son flegme habituel et sa douceur, lors de la terrible séance de rasage.

Merci à Béatrice d'avoir transformé le choix de perruque en une banale séance de shopping entre copines.

Merci à Danièle de m'avoir hébergée et accompagnée le jour de l'opération.

Merci à Patricia, Marie-Françoise et Elyette d'avoir accepté de me supporter avant, pendant et après ces horribles séances de chimio.

Merci à Géraldine, qui a subi tout cela bien avant moi et qui m'a guidée pas à pas.

Merci à Claire, toujours bienveillante et à sa sœur Claudine qui, avec douceur, a réparé mon corps après chaque séance de chimio.

Merci à Muriel, ma kinésithérapeute et amie. Patiemment mais avec conviction, elle tente, deux fois par semaine, de redonner vie à mon sein mort.

Merci à tous mes collègues qui m'ont soutenue par leurs appels, leurs messages et leurs visites et m'ont fait comprendre chaque jour que je leur manquais.

Merci à Isabelle, Proviseur adjoint de mon lycée, qui est devenue aujourd'hui une amie fidèle. Ses bouquets de fleurs, ses messages, sa bienveillance et un emploi du temps sur mesure m'ont aidée sur ce chemin de croix.

Merci à monsieur Morfan, mon Proviseur, de m'avoir acceptée dans le lycée, alors que je n'avais rien à y faire, de m'avoir soutenue lorsque la reprise s'est avérée plus difficile que je ne l'aurais crue et d'avoir facilité mon départ anticipé.

Merci aussi à ces anciens élèves qui m'ont rendu au centuple l'attention que je leur avais portée du temps de l'école.

Merci plus particulièrement à Stella qui a endossé le rôle de fille attentive et aimante et m'a transformée en Princesse en m'invitant dans les plus beaux Palaces parisiens. Merci aussi à son fils, Armaan, mon premier petit-fils, si cher à mon cœur.

Merci à Romain, Benjamin, Frédéric et Alison qui m'ont inéluctablement poussée vers l'écriture. Merci de croire en moi de manière inconditionnelle. Même si je sais que vous n'êtes pas toujours objectifs, vous me faites tant de bien !

Merci à vous tous, amis et famille, qui m'accompagnez dans les bons et les mauvais moments et qui me lisez avec tant de bienveillance. Je suis heureuse de vivre ces moments de bonheur et de partage avec vous.

Enfin, un énorme merci à mon fils Romain, qui m'a soutenue, avec son compagnon Benjamin, pendant et après ce combat. Merci de leur présence, de leur disponibilité et de leur énergie toujours positive. J'ai vu la peur de la mort roder dans les yeux de mon fils mais il ne l'a jamais laissée s'approcher de nous.

C'est pour ne plus revivre, ni lui faire revivre ces instants-là que j'ai décidé de mordre la vie à pleines dents.

Du même auteur

Jdis ça, Jdis rien, 55 jours au temps d'un virus, Mai 2020, BOD

Octobre rose, Lauréat du Public, Grand Prix du Court, automne 2019, Short-Edition

Blog Personnel https://voguelagalere.fr